AF294898

Analyse de l'œuvre

Par Maria Puerto Gomez
et Paola Livinal

Vol de nuit

d'Antoine de Saint-Exupéry

Rendez-vous sur lepetitlitteraire.fr et découvrez :

Plus de 1200 analyses
Claires et synthétiques
Téléchargeables en 30 secondes
À imprimer chez soi

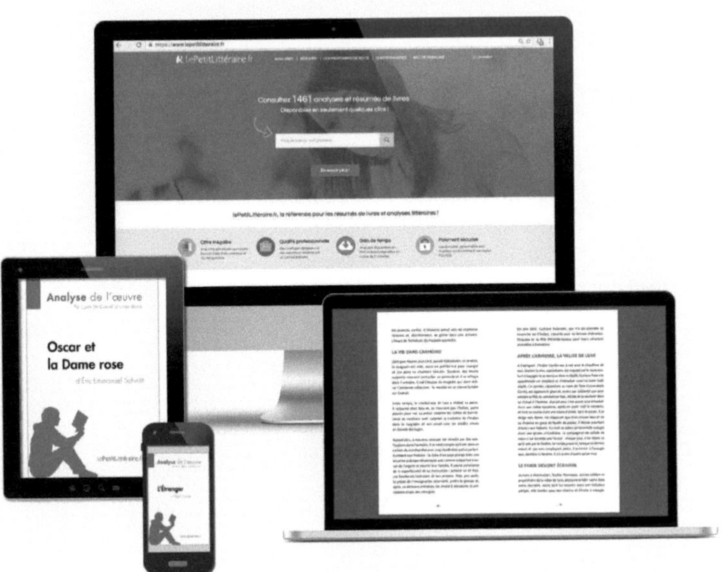

ANTOINE DE SAINT-EXUPÉRY

ÉCRIVAIN, POÈTE ET AVIATEUR FRANÇAIS

- **Né en 1900 à Lyon (Rhône)**
- **Décédé en 1944 au large de la Corse**
- **Quelques-unes de ses œuvres :**
  - *Courrier Sud* (1929), roman
  - *Terre des hommes* (1939), essai
  - *Le Petit Prince* (1943), conte

Son baptême de l'air, Antoine de Saint-Exupéry le fait à 12 ans et en traduit les émotions par la rédaction d'un poème. Plus tard, à Paris, il fréquente des écrivains et conforte son gout pour l'écriture. En 1926, le pilote « Saint-Ex » rejoint la société créée par Pierre Latécoère (industriel français, 1883-1943), qui devient la Compagnie générale aéropostale (1927-1933). Il entre ainsi, sous la direction de Didier Daurat (aviateur français, 1891-1969), dans l'histoire héroïque de l'aéropostale, qui établit la première liaison commerciale entre l'Europe et l'Amérique du Sud. Il disparait aux commandes de son avion en 1944, au large de la Corse, lors d'un vol de reconnaissance pour les forces alliées durant la Seconde Guerre mondiale (1939-1945).

Ses œuvres sont en grande partie autobiographiques : *Vol de nuit* (1931), *Pilote de guerre* (1942), *Lettre à un otage* (1943), *Citadelle* (1948), etc. *Terre des hommes* (Grand Prix du roman de l'Académie française) et *Le Petit Prince* restent ses plus grands succès littéraires.

VOL DE NUIT

ENTRE ACTION ET POÉSIE

- **Genre :** roman
- **Édition de référence :** *Vol de nuit*, Paris, Gallimard, coll. « Folioplus classiques », 2007, 158 p.
- **1ʳᵉ édition :** 1931
- **Thématiques :** aviation, héroïsme, peur, nuit, dépassement de soi, devoir, fraternité

Saint-Exupéry écrit *Vol de nuit* en Amérique du Sud, alors qu'il est directeur de l'Aeroposta Argentina, filiale de la Compagnie générale aéropostale. Ce récit relate l'épopée que fut l'instauration des vols de nuit pour le transfert rapide du courrier dans des avions de fortune. Chaque vol est un combat contre l'obscurité (il n'y a pas d'éclairage dans les avions), le relief et les conditions météorologiques, sans compter les pannes mécaniques. Pour en transmettre la complexité technique et surtout humaine, 23 courts chapitres rapportent le vécu et les pensées de Rivière (le directeur), des pilotes, de l'une des épouses et du personnel au sol. Préfacé par André Gide (écrivain français, 1869-1951), *Vol de nuit* obtient le prix Femina en 1931.

RÉSUMÉ

LA MISSION

L'intrigue se situe en Amérique du Sud où Rivière, le responsable du réseau qui s'occupe d'acheminer le courrier vers l'Europe, tente de mettre en place des vols de nuit. Ceux-ci ne sont pas sans danger et couteront la vie à l'un de ses pilotes, Fabien.

Fabien a pour mission de relier la Patagonie à Buenos Aires (Argentine). Il décrit les plaines et les villages survolés, fait une courte escale, et re-décolle ensuite alors que la nuit tombe. Il se prépare consciencieusement au vol en aveugle qui l'attend, puis, une fois dans les airs, contemple le monde qui scintille en bas. Malgré la dangerosité de leurs missions, les pilotes ne peuvent renoncer à leur métier, qui est une véritable obsession pour eux.

De son côté, Rivière attend à Buenos Aires les trois avions qui doivent apporter le courrier à expédier ensuite vers l'Europe. Après 40 ans de travail acharné aux côtés de Leroux, un vieux contremaitre, une certaine lassitude le gagne, à la fois parce qu'il vieillit et parce qu'il mène une guerre sans fin : chaque avion qui arrive n'étant qu'une bataille remportée de plus. Véritable meneur d'hommes, il fait en sorte que ses aviateurs se dépassent et vainquent leur peur afin d'être plus performants. De cette manière, le réseau pourra prospérer.

LE RÈGLEMENT

L'un des pilotes, Pellerin, atterrit avec le courrier du Chili, heureux d'être encore en vie après avoir été pris dans un cyclone en passant la cordillère des Andes (grande chaine de montagnes de la côte occidentale de l'Amérique du Sud). Dans la voiture, en route pour le bureau de la compagnie, il raconte avec humilité, à Rivière, son combat contre le cyclone.

L'inspecteur Robineau les accompagne. C'est un homme terne, obligé d'appliquer le règlement sans état d'âme, poussé par Rivière à être intransigeant, voire injuste, afin d'inciter les pilotes à se surpasser.

Pendant le trajet, Robineau repense aux occasions où son ignorance l'a fait se sentir ridicule et, face aux prouesses de Pellerin, il trouve sa vie morne et routinière. La solitude liée à sa fonction lui pèse, si bien qu'il invite Pellerin à diner. Ce dernier accepte. Alors qu'il est à l'hôtel en train d'essayer de sympathiser avec Pellerin, Rivière le convoque, lui rappelle son rôle de chef et lui ordonne d'infliger une sanction quelconque à Pellerin pour délimiter leurs statuts respectifs : aucun sentimentalisme ne doit venir émousser la volonté des pilotes.

Dans les bureaux, Rivière est satisfait : la nuit s'annonce belle et tout se déroule à merveille. Il attend ensuite avec impatience qu'un avion redécolle, chaque minute au sol lui semblant être une perte de temps. Pour se détendre, il fait quelques pas. Son gout pour la profonde solitude de la nuit le fait se sentir différent des gens en ville. Chaque sonnerie du téléphone réveille l'angoisse d'une mauvaise nouvelle, mais seuls parviennent, pour le moment, des messages de service routiniers et les prévisions d'un temps orageux.

Alors qu'il traite les notes de service, il hésite avant de signer le renvoi de Roblet, un mécanicien ayant 20 ans de métier et une famille à nourrir. Mais un appel au sujet d'une nouvelle panne lui rappelle qu'il faut lutter contre le mal où qu'il soit : Roblet, responsable d'une négligence technique sur un avion, sera donc renvoyé.

UN DRAME

L'opérateur radionavigant du vol de Patagonie aperçoit un orage au loin et, quelque peu inquiet, observe de dos Fabien. Subjugué par son impassibilité, sa concentration et la force qu'il dégage, une confiance aveugle en son pilote l'envahit. Un temps plus clément ayant été annoncé à Trelew (Argentine), Fabien décide de poursuivre sa route malgré l'orage qui se présente. Mais la tempête fait rage dans les villes des alentours et un cyclone les encercle.

Le réservoir n'étant pas suffisant pour tenir jusqu'à l'aube, Fabien demande des instructions. Dans la tourmente, il voudrait atterrir, mais il découvre qu'il est perdu au-dessus de l'océan. Luttant contre de violentes secousses, il aperçoit des étoiles et décide de monter vers elles. Fabien et son radionavigant se retrouvent ainsi à plus de 3 000 mètres au-dessus de la tempête. Ils sont éblouis par la beauté du ciel, mais se savent condamnés.

La situation de Fabien inquiète Rivière. Celui-ci essaie de trouver une zone refuge à communiquer à son pilote dans le ciel déchainé. Il sait qu'un drame mettrait en péril ce qu'il a construit.

UNE MENACE

Quand Simone, l'épouse de Fabien, téléphone comme à son habitude, elle est prévenue de la situation. Elle veut parler à Rivière, qui est désarmé face à son désespoir, chacun incarnant une conception de la vie tout aussi valable : elle pense avoir droit au bonheur individuel alors que pour Rivière, la construction de quelque chose de plus durable et l'avancée de l'humanité passent avant tout.

Fabien et son radionavigant sont coincés au-dessus du cyclone. Comme il ne leur reste que 30 minutes de carburant, l'issue dramatique du vol ne fait plus aucun doute. Rivière n'a plus d'espoir. Il pense, ému, que le monde va perdre deux de ses enfants, lesquels s'en vont avec dignité et sans un cri.

Robineau, quant à lui, se sent impuissant et inutile. Madame Fabien, que la dignité et la souffrance rendent majestueuse, ne peut qu'attendre, comme Rivière. Conscient du monde d'amour qui est en passe d'être détruit, celui-ci voit une manifestation de la mort dans le ralentissement du travail de ses employés.

LA REPRISE

Fabien annonce leur descente, puis plus rien ne leur parvient. La demi-heure de carburant restante étant écoulée, la tristesse gagne tous les hommes. Rivière donne quelques consignes, puis s'isole, avant de se remettre au travail. Pour lui, il n'y a ni victoire ni défaite, il faut toujours aller de l'avant. Robineau aimerait encourager Rivière, mais une fois devant lui, il ne demande que ses ordres : les vols de nuit doivent continuer.

Le pilote qui doit acheminer le courrier vers l'Europe dort encore. Sa femme, bien qu'elle admire l'homme et la mission dont il se sent investi, éprouve de la tristesse en sachant qu'elle ne peut le retenir, que l'attraction pour les étoiles est plus forte. En effet, lorsque le pilote se réveille, il ne pense déjà plus qu'à partir et au vol qui l'attend. Pourtant, lors d'une précédente mission, il a fait demi-tour, ayant pris peur au-dessus des montagnes, dans les remous et l'obscurité.

Souhaitant libérer ses hommes de la peur, Rivière le réprimande, tout en se souvenant des réticences qu'il a dû vaincre pour que débutent les vols commerciaux de nuit. Le courrier de deux vols rescapés, l'un en provenance d'Asunción (Paraguay) et l'autre du Chili, est chargé dans l'avion pour l'Europe, qui décolle.

ÉTUDE DES PERSONNAGES

RIVIÈRE

Rivière est un homme de 50 ans, qui « ressembl[e] toujours à un éternel voyageur et pass[e] presque inaperçu tant sa petite taille dépla[ce] peu d'air, tant ses cheveux gris et ses vêtements anonymes s'adapt[ent] à tous les décors » (p. 28). Malgré cette apparence banale, il est le « responsable du réseau entier » (p. 14) qui centralise le courrier d'Amérique du Sud et l'achemine vers l'Europe. Cela fait 40 ans qu'il travaille sans jamais avoir eu le temps de « s'occuper d'amour » (p. 16).

Plusieurs fois comparé à un « vieux lutteur » (p. 15) ou à un « lion » (p. 85), son seul et unique but est de développer les vols de nuit. Cependant, il sait qu'« il n'y a pas d'arrivée définitive de tous les courriers » (p. 15), ce qui provoque chez lui une certaine lassitude due à l'âge et à la fatigue.

En véritable meneur d'hommes, il incite les pilotes à se surpasser, à oublier leur peur et à risquer leur vie chaque nuit. Ils sont pour lui « une cire vierge qu'il fa[ut] pétrir » (p. 25), car il est convaincu que « ces hommes-là sont heureux, parce qu'ils aiment ce qu'ils font, et ils l'aiment parce que [lui-même est] dur » (*ibid.*). En effet, il se montre sévère dans l'application du règlement, même si cela semble parfois injuste, voire inhumain.

Cependant, cette intransigeance crée en lui une tension entre l'exigence du devoir et ses sentiments. Sa sensibilité affleure parfois dans l'intimité de la nuit, comme lorsqu'il associe les pilotes disparus à des enfants : « De simples paysans découvriront peut-être deux enfants au coude plié sur le visage, et paraissant dormir. » (p. 75) Malgré ses succès, il exprime parfois quelques regrets à peine voilés : « J'aimerais bien pourtant m'entourer de l'amitié et de la douceur humaines. » (p. 50), des considérations bien vite balayées par son sens du devoir même dans l'adversité, car « les échecs fortifient les forts » (p. 58).

ROBINEAU

Selon Rivière, Robineau « ne pense rien [...], [ce qui] lui évite de penser faux » (p. 24) et lui permet de rendre « de grands services » (p. 23). Rivière l'a donc nommé inspecteur afin qu'il fasse appliquer le règlement sans état d'âme.

C'est un homme terne à l'orgueil froissé qui trouve que « sa propre vie [est] grise » (p. 26) en comparaison avec celle des pilotes. Il voudrait être admiré, par exemple en sauvant « la Compagnie d'un grand péril » (*ibid.*), mais il doit se contenter de rédiger des rapports insignifiants. Il nourrit donc un profond sentiment d'inutilité, de lassitude et de mépris à son propre égard, son ignorance l'ayant en outre fait passer maintes fois pour un idiot : « Il avait critiqué le montage d'une pompe à huile de type B. 6, la confondant avec une pompe à huile de type B. 4, et les mécaniciens sournois l'avaient laissé flétrir pendant vingt minutes. » (*ibid.*)

Un exéma, une passion pour la géologie et une maitresse en France qui ne le comble pas sont les seuls éléments marquants de son existence, si bien qu'il porte sa vie tel un fardeau.

LES PILOTES

Seuls deux des quatre pilotes de *Vol de nuit* ont un nom (Pellerin et Fabien), mais aucun d'eux n'est décrit physiquement : définis par leur fonction (« le pilote Fabien », p. 9) et surtout par le parcours dont ils ont la charge, à l'image du « pilote du courrier d'Europe » (p. 88), ils constituent l'archétype du pilote.

Les mains des pilotes reçoivent toutefois un traitement littéraire spécial, parce que de leur habileté dépend le sort de l'équipage, mais aussi parce qu'elles symbolisent la capacité de l'homme à agir sur les évènements : Fabien pense que « si lui-même ouvrait simplement les mains, leur vie s'en écoulerait aussitôt » (p. 69).

En apparence banals, tel Pellerin, « rompu de fatigue, tassé dans l'angle de la voiture, les yeux clos et les mains noires d'huile » (p. 26), les pilotes sont en fait des hommes hors du commun qui risquent leur vie chaque nuit, luttant contre l'obscurité, le temps et la nature, pas toujours favorable. La grandeur de leur mission – apporter le courrier sans encombre – est bien décrite par la femme du pilote du courrier d'Europe : « Dans une heure, [les bras de son mari] porteraient le sort du courrier d'Europe, responsables de quelque chose de grand, comme du sort d'une ville. [...] Cet homme, au milieu de ces millions d'hommes, était préparé seul pour cet étrange sacrifice. » (p. 45-46)

Mais malgré leurs exploits, ils restent humbles et professionnels, tel Pellerin qui parle de son vol au milieu d'un cyclone « comme un forgeron de son enclume » (p. 22). Voler est leur obsession, un plaisir immense malgré les risques encourus, lesquels leur apprennent « ce que vaut le monde entrevu sous un certain jour » (p. 21), et créent entre eux des liens très forts : à la mort de Fabien, « une grande fraternité les dispens[e] des phrases » (p. 88).

Pellerin et Fabien sont les deux faces de la même monnaie : ils affrontent tous deux un cyclone, mais, alors que le premier s'en sort, le second périt, mettant en lumière le fait que les rêves entrainent toujours leur lot de victoires et de drames.

LES ÉPOUSES

Les épouses des pilotes sont deux à apparaitre au cours de cette nuit. La première, sans nom, incarne la femme amoureuse et admirative, compagne prévenante qui, malgré ses soins, comprend qu'elle doit laisser son mari pilote partir vers cet univers qu'elle ne connaitra jamais.

Elle donne à l'auteur le prétexte d'une description lyrique du corps de cet homme qui va prendre les commandes du vol vers l'Europe. Dans leur appartement, à l'heure de son lever, « [e]lle admirait cette poitrine nue, bien carénée, elle pensait à un beau navire » (p. 45). Elle donne la mesure du bonheur qu'elle lui apporte et de celui qu'il éprouve pour son vol de nuit : deux plaisirs réels, mais inéluctablement séparés et indépendants.

La seconde est Simone, la jeune femme de Fabien. Elle aussi, amoureuse et prévenante, vit la part sombre de l'épouse d'un pilote : l'accident. Simone Fabien exige des réponses. Elle n'est pas prête à perdre un bonheur si récent, car « ils étaient mariés depuis six semaines » (p. 80). Venue demander des explications à Rivière, elle se heurte au contraste, qui lui saute aux yeux, entre son inquiétude et cet univers professionnel où chacun tient son rôle :

> « Elle devinait, avec gêne, qu'elle exprimait ici une vérité ennemie, regrettait presque d'être venue, eût voulu se cacher, et se retenait, de peur qu'on la remarquât trop, de tousser, de pleurer. Elle se découvrait insolite, inconvenante, comme nue. » (p. 78)

Si Simone Fabien repart résignée, sans le savoir elle laisse Rivière vacillant sur la question du sens des actes et des choses, avant qu'il ne reprenne le combat contre « le vide qui nous entoure » (p. 79).

CLÉS DE LECTURE

ENTRE FICTION ET RÉALITÉ

Vol de nuit met en scène plusieurs personnages dont les pensées et les actions sont relatées par un narrateur omniscient. Dès le chapitre I, la fiction est au rendez-vous et le lecteur contemporain de Saint-Exupéry l'apprécie, lui qui ne peut que rarement voir la Terre depuis le ciel à cette époque. La suite du récit insère le vol de Fabien au-dessus de la Patagonie dans l'aventure historique de l'aéropostale à laquelle l'auteur, Antoine de Saint-Exupéry, a participé d'abord en tant que pilote, puis comme directeur de la compagnie argentine.

Les éléments historiques

L'aventure de l'aéropostale (1927-1933) débute à la sortie de la Première Guerre mondiale (1914-1918), en France, à l'initiative d'un industriel déterminé, déjà rodé à la production aéronautique, Pierre Latécoère.

Son pari : créer une ligne régulière de transport rapide du courrier, de jour comme de nuit. Un gain de temps fabuleux sur le train et le bateau !

Sa flotte : les appareils de l'armée, inadaptés aux longues heures de vol et dépourvus de tout éclairage (« [Fabien] ne distinguait plus la masse du ciel de celle de la terre, perdu dans une ombre où tout se mêlait, une ombre d'origine des mondes », p. 68). Mais la Ligne, comme on l'appellera, sera une succession d'étapes, genre cabotage, de la France au Maroc, puis au Sénégal avant le saut de l'Afrique vers l'Amérique du Sud.

Ses pilotes : les premiers seront ceux de la Grande Guerre, heureux de retrouver une occasion de voler, la paix rétablie. Puis, la Ligne sera marquée par des figures telles que Saint-Exupéry, Mermoz (aviateur français, 1901-1936) et Henri Guillaumet (aviateur français, 1902-1940). Les appareils évolueront un peu, mais les missions resteront un défi constant pour ces héros des airs, motivés par un chef à la fois admiré et craint, Didier Daurat.

Vol de nuit lui est dédicacé et offre dans le personnage de Rivière son double parfait en matière d'autorité et d'efficacité. Le règlement qui est appliqué doit suffire à conduire chaque homme à se surpasser pour garantir à la fois leur sécurité et le transfert du courrier dans les meilleurs délais : « [Si Rivière] châtiait ainsi tout retard, il faisait acte d'injustice, mais il tendait vers le départ la volonté de chaque escale ; il créait cette volonté. » (p. 25)

Face aux conditions de navigation que connaissent les pilotes, on ne peut qu'admirer le courage et la volonté de ces pionniers. Daurat/ Rivière est là pour leur remettre les pieds sur terre, leur rappeler qu'ils assurent un travail dont la réussite appuiera la reconnaissance, difficile à obtenir, des autorités pour poursuivre cette aventure. Malgré les aléas et les vies perdues dans cette histoire audacieuse, l'aviation commerciale qui relie les bouts du monde prend son envol à cette époque.

Les éléments autobiographiques

Pour autant, *Vol de nuit* n'est pas un roman historique sur l'aviation commerciale, et ce n'est pas non plus un roman autobiographique, si l'on s'en tient aux définitions courantes.

En effet, l'un des spécialistes du genre, Philippe Lejeune, universitaire français, en donne cette définition : « Nous appelons autobiographie le récit rétrospectif en prose que quelqu'un fait de sa propre existence, quand il met l'accent principal sur sa vie individuelle, en particulier sur l'histoire de sa personnalité. » (*L'Autobiographie en France*, Paris, Armand Colin, 2010, p. 10) Au niveau du récit, cela se traduit de prime abord par l'emploi du pronom personnel « je », qui équivaut à la fois à l'auteur et au personnage.

Vol de nuit ne répond donc pas à cette définition, l'auteur ne nous relatant pas sa propre vie. Toutefois, de manière romancée, Antoine de Saint-Exupéry raconte les débuts héroïques de l'aéropostale en Amérique du Sud, inspiré par son expérience et par des figures marquantes comme celle de Didier Daurat, dont il a lui-même éprouvé les méthodes de direction.

Le vécu de l'auteur transparait encore à d'autres occasions, en particulier dans les scènes de pilotage. Dans le roman, alors qu'il est rattrapé par le cyclone, Fabien doit prendre une décision : soit continuer d'avancer dans la tempête et « lutter encore, tenter sa chance » (p. 69), pour finir, peut-être, par atterrir quelque part ; soit monter au-dessus de toute cette fureur pour atteindre la tranquillité auprès des étoiles, mais en se condamnant à ne plus pouvoir redescendre. Le narrateur rapporte alors qu'« il y a une fatalité intérieure : vient une minute où l'on se découvre vulnérable ; alors les fautes vous attirent comme un vertige » (*ibid.*). Il semble que derrière le « on » s'exprime le « je », avec le souvenir marquant de sa propre expérience.

Finalement, c'est surtout à la condition humaine que renvoie ce court roman où se jouent la vie et la mort (les épouses et les pilotes), la peur et le courage (Robineau et Pellerin), ainsi que la défaite et la victoire (Rivière). À l'opposé du « courrier jeté en flèche aveugle vers les obstacles de la nuit » (p. 29), la linéarité du récit s'achève sur une confiance déterminée en l'avenir avec l'avion d'Europe qui s'arrache du sol pour que l'aventure humaine continue.

LE MONDE VU DU CIEL

Dans divers chapitres (I, VII, XII, XV, XVI, XXII), c'est comme si le lecteur se trouvait aux côtés des pilotes. Il est plongé dans l'épopée de l'aviation :

- grâce à un abondant vocabulaire thématique – les cinq tonnes de métal de « la carlingue » (p. 12), le « gyroscope » (*ibid.*), « l'altimètre » (*ibid.*), « les feux de position » (p. 11), « la manette des gaz » (p. 47), etc. ;
- parce qu'il partage la perception que les pilotes ont du monde, affectée par l'altitude et la vitesse. Par exemple, avant d'atterrir, « le village coul[e] déjà au ras des ailes » (p. 11), et le pilote « renverse le paysage » (p. 47) en tirant la manette des gaz ;
- des effets de zoom inversé ont lieu, notamment lorsque dans leur maison, « ces hommes croient que leur lampe luit pour l'humble table, mais [qu'] à quatre-vingt-dix kilomètres d'eux, on est déjà touché par l'appel de cette lumière » (p. 13) ;
- comme tout est ramené à une autre échelle, l'auteur utilise beaucoup de comparaisons et de métaphores (le pilote est un berger dont les moutons sont les villes vues du ciel, etc.).

Cette plongée dans l'univers de l'aviation est renforcée par le fait que les pilotes n'ont pas l'impression d'appartenir au monde qu'ils survolent :

- ils sont véritablement seuls dans l'immensité

du ciel ;

- ils risquent souvent leur vie, comme Pellerin, qui ressent à son retour l'envie première d'« insulter [les personnels au sol] d'être là, tranquilles, sûrs de vivre, admirant la lune » (p. 18) ;
- l'altitude leur donne la sensation de contempler l'éternité, « les jardins clos de vieux murs » (p. 11) que Fabien survole lui semblent « éternels de durer en dehors de lui » (*ibid.*).

LA POÉSIE DU ROMAN

La métaphore maritime

Vol de nuit repose principalement sur une immense métaphore filée : les pilotes sont tels des marins, à bord de leur avion/navire, traversant les vastes mers que sont les plaines, le ciel et surtout la nuit.

Ainsi la femme d'un pilote regarde celui-ci dormir et admire sa poitrine qu'elle compare « à un beau navire » (p. 45). Les avions ont « un capot lourd comme un chaland » (p. 14), et tel ou tel pilote parle de « cent kilomètres de steppes plus inhabitées que la mer » (p. 9), d'une « houle de prairies » (*ibid.*), de « la splendeur d'une mer de nuages » (p. 76), des vents qui poussent « leur grande houle favorable » (p. 28), ou encore des pics des montagnes qui pénètrent « comme des étraves, le vent dur », ou virent et dérivent autour du pilote « à la façon de navires géants » (p. 19).

Lorsqu'un avion arrive sans encombre à destination, c'est que la nuit, « ainsi qu'une mer, pleine de flux et de reflux et de mystère, livre à la plage le trésor qu'elle a si longtemps balloté » (p. 15). À chaque fois, Rivière a la sensation « de tirer ses équipages hors de la nuit, jusqu'au rivage » (p. 14).

Lorsqu'il y a du vent, un orage ou un cyclone qui se déchaine, le pilote sent quant à lui « les premiers remous de l'orage lointain » (p. 34), les collines « roule[nt] leurs vagues vertigineuses » (p. 68), et Fabien, perdu dans la tourmente, voudrait attendre l'aube, cette « plage de sable doré où [il] se serait échoué après cette nuit dure » (p. 56).

La poésie des images

Cependant, l'utilisation d'images, dont l'écriture

de Saint-Exupéry est riche, ne s'arrête pas au seul champ maritime, et apporte au roman toute sa poésie.

- Les petites villes vues du ciel sont, par exemple, comparées à des troupeaux dispersés ici et là, et lui, Fabien, aux bergers de Patagonie : « Il allait d'une ville à l'autre, il était le berger des petites villes [...] qui venaient boire au bord des fleuves ou qui broutaient leur plaine. » (p. 9)
- Étranger à cette sérénité, le radionavigant, lui, ressent une menace, pensant « que des orages s'étaient installés quelque part, comme des vers s'installent dans un fruit ; la nuit serait belle et pourtant gâtée : il lui répugnait d'entrer dans cette ombre prête à pourrir. » (p. 10)
- Face à cette inquiétude qui monte, Fabien se rassure au contact de son avion, comparé à un animal qui prend vie sous sa main :

> « Il effleura du doigt un longeron d'acier, et sentit dans le métal ruisseler la vie : le métal ne vibrait pas, mais vivait. Les cinq cents chevaux du moteur faisaient naître dans la matière un courant très doux, qui changeait sa glace en chair de velours. » (p. 12)

- Le choix de monter vers les étoiles pour sortir

du cyclone conduit l'équipage vers une beauté trompeuse qui préfigure leur mort : « Pareils à ces voleurs de villes fabuleuses, murés dans la chambre aux trésors dont ils ne sauront plus sortir. Parmi des pierreries glacées, ils errent, infiniment riches, mais condamnés. » (p. 72)

- Sans plus d'espoir quant à leur survie, Rivière en a une vision douce, en harmonie avec la nature :

> « De simples paysans découvriront peut-être deux enfants au coude plié sur le visage, et paraissant dormir, échoués sur l'herbe et l'or d'un fond paisible. Mais la nuit les aura noyés. [...] Peu à peu monteront vers le jour les sillons gras, les bois mouillés, les luzernes fraîches. Mais parmi des collines, maintenant inoffensives, et les prairies, et les agneaux, dans la sagesse du monde, deux enfants sembleront dormir. Et quelque chose aura coulé du monde visible dans l'autre. » (p. 75)

Autant d'images suggestives qui animent, colorent le texte, et font découvrir au lecteur la vision du monde très personnel d'un écrivain-pilote, pionnier en la matière.

LA CONQUÊTE DE LA NUIT

L'instauration de vols commerciaux de nuit est, selon Rivière, « une question de vie ou de mort puisque [sans ces vols ils perdent], chaque nuit, l'avance gagnée, pendant le jour, sur les chemins de fer et les navires » (p. 51). Mais c'est un véritable défi, car la nuit est pleine de mystères et de dangers liés aux conditions matérielles et aux aléas météorologiques.

Outre d'éventuelles pannes mécaniques, le premier ennemi des pilotes est l'absence de visibilité. Chaque source de lumière est donc précieuse, que ce soit la lune ou une maison qui s'allume « face à l'immense nuit » tel « un phare vers la mer » (p. 12) car, à bord, ils ne disposent que de la lueur du « radium des aiguilles » de leurs instruments (*ibid.*) et de « la seule protection d'une petite lampe de mineur » (p. 34).

Les conditions météorologiques sont le second élément décisif du vol. Comme évoqué dans le point sur la métaphore maritime, l'association entre la nuit et la mer est la plus utilisée pour évoquer la difficulté de ces conditions.

C'est donc le récit d'une lutte héroïque entre les hommes et la nuit que nous livre l'auteur, ce qui se traduit à tout moment par l'emploi d'un langage guerrier. Rivière, à la fin de l'ouvrage, est surnommé « Rivière-le-Victorieux » (p. 89) et « Rivière-le-Grand » (*ibid.*), ce qui l'associe indéniablement à Alexandre le Grand (roi de Macédoine, 356-323 av. J.-C.), avec qui il partage la même soif de conquêtes et un vaste empire : « Ce soir, avec mes deux courriers en vol, je suis responsable d'un ciel entier. » (p. 36)

Il se souvient par moment des nombreuses « batailles qu'il a livrées pour la conquête de la nuit » (p. 51), il parle du bruit des avions qui décollent comme du « pas formidable d'une armée en marche dans les étoiles » (p. 89), et Fabien se sent quant à lui tel un chevalier dont l'avion serait la monture, « entraîné en croupe dans ce galop » (p. 35) vers un orage, semblable à « la nuque d'une bête » (*ibid.*).

Mais parfois la nuit l'emporte, telle celle où Fabien et son radionavigant trouvent la mort, une « nuit difficile à vaincre » (p. 60).

ENTREPRISE COLLECTIVE
ET BONHEUR INDIVIDUEL

Dans *Vol de nuit*, deux conceptions de la vie s'opposent, incarnées par divers personnages ou luttant au cœur d'un même individu.

D'une part, des hommes tels que Rivière considèrent qu'il est illusoire de s'accrocher à des petits bonheurs car la mort viendra tôt ou tard les détruire. Ils en déduisent qu'« il existe peut-être quelque chose d'autre à sauver et de plus durable » (p. 65) que la vie de chaque individu, « sinon l'action ne se justifie pas » (*ibid.*). Ce quelque chose d'autre auquel ils sacrifient tout, c'est l'avancée du peuple, qui ne peut être que le fruit d'une œuvre collective, comme le conçoit Rivière (il observe « les secrétaires, les manœuvres, les mécaniciens, les pilotes, tous ceux qui l'avaient aidé dans son œuvre, avec une foi de bâtisseurs », p. 80).

Mais cela a un prix : tous ont dû renoncer à eux-mêmes et faire preuve d'abnégation ou de courage. Aussi les sentiments n'ont-ils guère leur place, au point que Rivière déclare : « Je ne sais pas si ce que j'ai fait est bon. Je ne sais pas l'exacte valeur de la vie humaine, ni de la justice, ni du chagrin. Je ne sais pas exactement ce que vaut la joie d'un homme. Ni une main qui tremble. Ni la pitié, ni la douceur… » (p. 44) L'action prend le pas sur tout : le bonheur individuel, les émotions ou les pertes humaines. Même lorsque l'avion de Fabien s'écrase, Rivière considère qu'il faut « taire l'émotion » (p. 63), car « elle n'aide pas à sauver les hommes » (*ibid.*), et qu'il faut se remettre au travail.

La seconde conception de la vie est principalement incarnée par les épouses des pilotes, celle de Fabien en particulier. Elle consiste au contraire à accepter de réduire l'existence à une somme de petits bonheurs éphémères et à reconnaitre l'importance de chaque être humain. Là où Rivière et les secrétaires voient des succès et des avancées, l'épouse de Fabien ne voit que des « dossiers où la vie humaine, la souffrance humaine ne laiss[ent] qu'un résidu de chiffres durs » (p. 78). Sa seule présence dans les bureaux de la compagnie et sa détresse révèlent « aux hommes le monde sacré du bonheur » (*ibid.*), et Rivière admet qu'elle incarne un « chant […] triste, mais ennemi. Car ni l'action ni le bonheur individuel n'admettent le partage : ils sont en conflit. » (p. 64)

Cela n'empêche pas Rivière d'être parfois en proie au doute : « Ces hommes [...] qui vont peut-être disparaître, auraient pu vivre heureux. » (p. 65) Plus tard, il comprendra même que ces deux conceptions de la vie ont une racine commune : « Nous ne demandons pas à être éternels, mais à ne pas voir les actes et les choses tout à coup perdre leur sens. » (p. 79)

Les pilotes, pour leur part, naviguent d'une conception à l'autre, à l'image de Fabien qui, au début de *Vol de nuit*, hésite un instant à s'installer dans un de ces villages où il fait escale, car « on est riche aussi de ses misères, et d'être ici un homme simple » (p. 10). Mais ses gouts pour son métier, l'aventure, le ciel et la solitude reprennent bien vite le dessus, et jusqu'au bout, il fera preuve de courage, acceptant la mort avec fatalité et dignité, car « cela devait arriver un jour » (p. 69).

UN COMBAT POUR LA VIE

L'existence de la Ligne pour Rivière, c'est un mouvement en continu, des étapes franchies l'une après l'autre, comme autant de petites victoires. Le travail est ici envisagé comme un combat : « Rivière pensa qu'ainsi, chaque nuit, une action se nouait dans le ciel comme un drame. Un fléchissement des volontés pouvait entraîner une défaite, on aurait peut-être à lutter beaucoup d'ici le jour. » (p. 32) Ainsi, quand un avion doit faire un atterrissage de secours, il ne supporte pas le temps perdu, ce temps pour rien. Selon lui, « la grande aiguille de la pendule décrivait maintenant un espace mort : tant d'événements auraient pu tenir dans cette ouverture de compas. » (p. 33)

Alors quand la perte du vol de Patagonie est avérée, Rivière, touché comme les autres, prend conscience cependant que la mort gagne du terrain au sein de son équipe, sur la base : « Les fonctions de vie étaient ralenties. "La mort, la voilà !" pensa Rivière. » (p. 80) Il lui faut absolument lutter contre ce phénomène, « rendr[e] aux télégrammes leur plein sens, leur inquiétude aux équipes de veille et aux pilotes leur but dramatique » (*ibid.*).

À la fin de la Première Guerre mondiale, la question qui se pose est : comment vivre ? Chacun doit reprendre son existence en main dans un monde ébranlé et dont l'avenir est incertain. La mort inéluctable des hommes et des sociétés inspire une quête d'éternité à laquelle chacun peut travailler, à sa mesure : « Il existe peut-être quelque chose d'autre à sauver et de plus durable [que le bonheur individuel] ; peut-être est-ce à sauver cette part-là de l'homme que Rivière travaille ? » (p. 65)

Rivière, l'homme d'action décrit par Saint-Exupéry dans *Vol de nuit,* délivre une morale qui redonne du sens à la vie et ne laisse pas de place à la pensée de la mort. C'est de cette façon que la nouvelle de la disparition de Fabien peut être reçue par les pilotes :

> « – La Patagonie est là ?
> – On ne l'attend pas : disparue. Il fait beau ?
> – Il fait très beau. Fabien a disparu ?
> Ils en parlèrent peu. Une grande fraternité les dispensait des phrases. » (p. 88)

Au-delà de la permanence de la Ligne, c'est aussi un principe de vie qu'exprime Rivière, et Saint-Exupéry à travers lui : « Le but peut-être

ne justifie rien, mais l'action délivre de la mort. »
(p. 80) Le but de Rivière, ce qui constitue sa raison
de vivre, c'est d'assurer les vols de nuit, malgré
leur dangerosité, pour que le courrier atteigne
sa destination plus vite que le train ou le bateau.
Outre cela, c'est relier les hommes entre eux
grâce à l'avion qui est important : non seulement
leur métier lie indéniablement les pilotes, mais
les risques qu'ils prennent permettent surtout
de rapprocher les hommes par l'acheminement
rapide du courrier.

Ces objectifs ne justifient peut-être pas les périls
auxquels s'exposent les pilotes, mais dans *Vol de
nuit*, l'action qu'ils vivent durant les vols a éga-
lement pour but d'exacerber leur héroïsme, de
les perfectionner et de donner un sens à leur vie.
C'est en cela que leur travail les rend heureux, et
en cela que l'action qu'ils vivent lors de chaque
vol peut les délivrer de la mort.

PISTES DE RÉFLEXION

QUELQUES QUESTIONS POUR APPROFONDIR SA RÉFLEXION...

- Saint-Exupéry écrit dans *Terre des hommes* que « la grandeur d'un métier est peut-être, avant tout, d'unir les hommes : il n'est qu'un luxe véritable, et c'est celui des relations humaines ». (*Œuvres complètes d'Antoine de Saint-Exupéry*, t. I, Paris, Gallimard, coll. « Bibliothèque de la Pléiade », 2009, p. 189) En quoi cette affirmation peut-elle s'appliquer à *Vol de nuit* ?
- Dans *Vol de nuit*, Rivière dit : « Ce sont les événements que je sers. » (p. 50) Quelles conséquences cela a-t-il sur sa vie, son comportement, ses choix et ses relations avec les autres ?
- Pourquoi la femme de Fabien dit-elle, lorsqu'elle se trouve dans les bureaux de la compagnie, qu'« elle devinait, avec gêne, qu'elle exprimait ici une vérité ennemie » (p. 78) par sa seule présence ? Quelle est cette « vérité ennemie » ?

- Saint-Exupéry, avant d'être pilote, aurait souhaité être marin. Comment cela se manifeste-t-il dans sa prose ?
- Expliquez pourquoi Saint-Exupéry, à la fin du roman, dit de Rivière : « Rivière-le-Grand [...] porte sa lourde victoire. » (p. 89)
- En quoi peut-on dire que le silence et la solitude sont deux composantes essentielles du roman ?
- Saint-Exupéry, dans une lettre, écrit que « le courage [...] n'est pas fait de bien beaux sentiments : un peu de rage, un peu de vanité, beaucoup d'entêtement et un plaisir sportif vulgaire. Surtout l'exaltation de sa force physique, qui pourtant n'a rien à y voir. » (*Œuvres complètes d'Antoine de Saint-Exupéry*, p. 964) Cette définition s'applique-t-elle aux pilotes de *Vol de nuit* ?
- L'auteur procède souvent par comparaisons, créant des images fortes. Qu'apportent-elles au style par ailleurs sobre du récit ? Analysez.
- Du directeur aux pilotes, en passant par l'inspecteur, la fraternité s'exprime, mais chacun le fait à sa manière. Détaillez.
- Les chapitres XV et XVI résonnent comme du vécu, comme des souvenirs de vol de

Saint-Exupéry. En quoi sont-ils paradoxaux ?
Comparez.

Votre avis nous intéresse !
Laissez un commentaire sur le site de votre librairie en ligne
et partagez vos coups de cœur sur les réseaux sociaux !

POUR ALLER PLUS LOIN

ÉDITIONS DE RÉFÉRENCE

- DE SAINT-EXUPÉRY A., *Œuvres complètes d'Antoine de Saint-Exupéry*, t. I, Paris, Gallimard, coll. « Bibliothèque de la Pléiade », 2009.
- DE SAINT-EXUPÉRY A., *Vol de nuit*, Paris, Gallimard, coll. « Folioplus classiques », 2007.

ÉTUDES DE RÉFÉRENCE

- HARDT H., « Saint-Exupéry, Antoine de (1900-1944) », in *universalis.fr*, consulté le 25 septembre 2017. http://www.universalis.fr/encyclopedie/antoine-de-saint-exupery/
- LEJEUNE Ph., *L'Autobiographie en France*, Paris, Armand Colin, 2010.

ADAPTATION

- *Vol de nuit*, film de Clarence Brown, avec John Barrymore, Helen Hayes, Clark Gable, Myrna Loy et William Gargan, États-Unis, 1933.

SUR LEPETITLITTÉRAIRE.FR

- Fiche de lecture sur *Le Petit Prince* d'Antoine de Saint-Exupéry.
- Fiche de lecture sur *Terre des hommes* d'Antoine de Saint-Exupéry.

Retrouvez notre offre complète sur lePetitLittéraire.fr

- des fiches de lectures
- des commentaires littéraires
- des questionnaires de lecture
- des résumés

ANOUILH
- Antigone

AUSTEN
- Orgueil et Préjugés

BALZAC
- Eugénie Grandet
- Le Père Goriot
- Illusions perdues

BARJAVEL
- La Nuit des temps

BEAUMARCHAIS
- Le Mariage de Figaro

BECKETT
- En attendant Godot

BRETON
- Nadja

CAMUS
- La Peste
- Les Justes
- L'Étranger

CARRÈRE
- Limonov

CÉLINE
- Voyage au bout de la nuit

CERVANTÈS
- Don Quichotte de la Manche

CHATEAUBRIAND
- Mémoires d'outre-tombe

CHODERLOS DE LACLOS
- Les Liaisons dangereuses

CHRÉTIEN DE TROYES
- Yvain ou le Chevalier au lion

CHRISTIE
- Dix Petits Nègres

CLAUDEL
- La Petite Fille de Monsieur Linh
- Le Rapport de Brodeck

COELHO
- L'Alchimiste

CONAN DOYLE
- Le Chien des Baskerville

DAI SIJIE
- Balzac et la Petite Tailleuse chinoise

DE GAULLE
- Mémoires de guerre III. Le Salut. 1944-1946

DE VIGAN
- No et moi

DICKER
- La Vérité sur l'affaire Harry Quebert

DIDEROT
- Supplément au Voyage de Bougainville

DUMAS
- Les Trois
  Mousquetaires

ÉNARD
- Parlez-leur
  de batailles,
  de rois et
  d'éléphants

FERRARI
- Le Sermon sur la
  chute de Rome

FLAUBERT
- Madame Bovary

FRANK
- Journal
  d'Anne Frank

FRED VARGAS
- Pars vite et
  reviens tard

GARY
- La Vie devant soi

GAUDÉ
- La Mort du
  roi Tsongor
- Le Soleil des
  Scorta

GAUTIER
- La Morte
  amoureuse
- Le Capitaine
  Fracasse

GAVALDA
- 35 kilos d'espoir

GIDE
- Les
  Faux-Monnayeurs

GIONO
- Le Grand
  Troupeau
- Le Hussard
  sur le toit

GIRAUDOUX
- La guerre de
  Troie
  n'aura pas lieu

GOLDING
- Sa Majesté des
  Mouches

GRIMBERT
- Un secret

HEMINGWAY
- Le Vieil Homme
  et la Mer

HESSEL
- Indignez-vous !

HOMÈRE
- L'Odyssée

HUGO
- Le Dernier Jour
  d'un condamné
- Les Misérables
- Notre-Dame
  de Paris

HUXLEY
- Le Meilleur
  des mondes

IONESCO
- Rhinocéros
- La Cantatrice
  chauve

JARY
- Ubu roi

JENNI
- L'Art français
  de la guerre

JOFFO
- Un sac de billes

KAFKA
- La Métamorphose

KEROUAC
- Sur la route

KESSEL
- Le Lion

LARSSON
- Millenium I. Les
  hommes qui
  n'aimaient pas
  les femmes

LE CLÉZIO
- Mondo

LEVI
- Si c'est un
  homme

LEVY
- Et si c'était vrai…

MAALOUF
- Léon l'Africain

MALRAUX
- La Condition humaine

MARIVAUX
- La Double Inconstance
- Le Jeu de l'amour et du hasard

MARTINEZ
- Du domaine des murmures

MAUPASSANT
- Boule de suif
- Le Horla
- Une vie

MAURIAC
- Le Nœud de vipères

MAURIAC
- Le Sagouin

MÉRIMÉE
- Tamango
- Colomba

MERLE
- La mort est mon métier

MOLIÈRE
- Le Misanthrope
- L'Avare
- Le Bourgeois gentilhomme

MONTAIGNE
- Essais

MORPURGO
- Le Roi Arthur

MUSSET
- Lorenzaccio

MUSSO
- Que serais-je sans toi ?

NOTHOMB
- Stupeur et Tremblements

ORWELL
- La Ferme des animaux
- 1984

PAGNOL
- La Gloire de mon père

PANCOL
- Les Yeux jaunes des crocodiles

PASCAL
- Pensées

PENNAC
- Au bonheur des ogres

POE
- La Chute de la maison Usher

PROUST
- Du côté de chez Swann

QUENEAU
- Zazie dans le métro

QUIGNARD
- Tous les matins du monde

RABELAIS
- Gargantua

RACINE
- Andromaque
- Britannicus
- Phèdre

ROUSSEAU
- Confessions

ROSTAND
- Cyrano de Bergerac

ROWLING
- Harry Potter à l'école des sorciers

SAINT-EXUPÉRY
- Le Petit Prince
- Vol de nuit

SARTRE
- Huis clos
- La Nausée
- Les Mouches

SCHLINK
- Le Liseur

SCHMITT
- La Part de l'autre
- Oscar et la Dame rose

SEPULVEDA
- Le Vieux qui lisait des romans d'amour

SHAKESPEARE
- Roméo et Juliette

SIMENON
- Le Chien jaune

STEEMAN
- L'Assassin habite au 21

STEINBECK
- Des souris et des hommes

STENDHAL
- Le Rouge et le Noir

STEVENSON
- L'Île au trésor

SÜSKIND
- Le Parfum

TOLSTOÏ
- Anna Karénine

TOURNIER
- Vendredi ou la Vie sauvage

TOUSSAINT
- Fuir

UHLMAN
- L'Ami retrouvé

VERNE
- Le Tour du monde en 80 jours
- Vingt mille lieues sous les mers
- Voyage au centre de la terre

VIAN
- L'Écume des jours

VOLTAIRE
- Candide

WELLS
- La Guerre des mondes

YOURCENAR
- Mémoires d'Hadrien

ZOLA
- Au bonheur des dames
- L'Assommoir
- Germinal

ZWEIG
- Le Joueur d'échecs

www.lepetitlitteraire.fr

ISBN version numérique : 978-2-8080-0306-3
ISBN version papier : 978-2-8080-0307-0
Dépôt légal : D/2017/12603/676

Avec la collaboration de Paola Livinal pour la biographie d'Antoine de Saint-Exupéry, pour l'analyse des personnages des épouses, ainsi que pour les clés de lecture « Entre fiction et réalité », « La poésie des images » et « Un combat pour la vie ».

Conception numérique : Primento,
le partenaire numérique des éditeurs.

Ce titre a été réalisé avec le soutien de la Fédération Wallonie-Bruxelles, Service général des Lettres et du Livre.